前言
QIANYAN

儿童自然单纯，本性无邪，爱默生说："儿童是永恒的弥赛亚，他降临到堕落的人间，就是为了引导人们返回天堂。"人们总是期待着保留这份童真，这份无邪本性。

每一个儿童都充满着求知的欲望，对于各种新奇的事物，都有着一种强烈的好奇心，这样在成长的过程中就不可避免地被好的或坏的事物所影响。教育的问题总是让每个父母伤透了脑筋，生怕孩子们早早地磨灭了童真，泯灭了感知美好事物的天性。童话很好地解决了这个问题，让儿童始终心存美好。

徜徉在童话的森林，沿着崎岖的小径一路向前，便会发现王子、公主、小裁缝、呆小子、灰姑娘就在我们身边，怪物、隐身帽、魔法鞋、沙精随时会让我们大吃一惊。展开想象的翅膀，心游万仞，永无岛上定然满是欢乐与自由，小家伙们随心所欲地演绎着自己的传奇。或有稚童捧着双颊，遥望星空，神游天外，幻想着未知的世界，编织着美丽的梦想。那双渴望的眸子，眨呀眨的，明亮异常，即使群星都暗淡了，它也仍会闪烁不停。

童心总是相通的，一篇童话，便会开启一扇心灵之窗，透过这扇窗，让稚童得以窥探森林深处的秘密。每一篇童话都会有意无意地激发稚童的想象力和感知力，让他们在那里深刻地体验潜藏其中的幸福感、喜悦感和安全感，并且让这种体验长久地驻留在孩子的内心，滋养孩子的心灵。愿这套《世界经典童话小说书系》对儿童健康成长能起到一点儿助益，这样也算是不违出版此书的初心了。

编者

2017 年 3 月 21 日

目录
MULU

马莎托酒的故事……………………… 1

龟女…………………………………… 9

美人鱼的儿子……………………… 19

兔子摄政王………………………… 47

巴士拉的银匠……………………… 61

看火鸡的姑娘……………………… 89

世界经典童话小说书系

美人鱼的儿子

著者 / 佚名　编译 / 李玉红 等

吉林出版集团股份有限公司 | 全国百佳图书出版单位

图书在版编目（CIP）数据

美人鱼的儿子 /（缅甸）佚名著；李玉红等编译.
--长春:吉林出版集团股份有限公司，2016.12
（世界经典童话小说书系）
ISBN 978-7-5581-2113-5

Ⅰ.①美… Ⅱ.①佚… ②李… Ⅲ.①儿童故事 – 作
品集 – 世界 Ⅳ.①I18

中国版本图书馆CIP数据核字（2017）第065115号

美人鱼的儿子

MEIRENYU DE ERZI

著　　者	佚　名	
编　　译	李玉红 等	
责任编辑	赵黎黎	
封面设计	张　娜	
开　　本	16	
字　　数	50千字	
印　　张	8	
定　　价	29.80元	
版　　次	2017年8月　第1版	
印　　次	2020年10月　第4次印刷	
印　　刷	三河市嵩川印刷有限公司	
出　　版	吉林出版集团股份有限公司	
发　　行	吉林出版集团股份有限公司	
地　　址	长春市绿园区泰来街1825号	
电　　话	总编办：0431-88029858	
	发行部：0431-88029836	
邮　　编	130011	
书　　号	ISBN 978-7-5581-2113-5	

马莎托酒的故事

很久以前，秘鲁有一个叫作葛兰·帕左纳尔的地方。

一天，以打猎为生的坎巴人来到这片茂密的森林，见这里有着数不清的飞禽走兽，决定在此定居。

坎巴人拥有高超的打猎本领，部落渐渐地壮大起来。

随着时间的推移，坎巴人越来越多，可森林里的动物却越来越少了。原来，坎巴人只会打猎，不会饲养动物供自己食用。

面临饥饿，坎巴人心急如焚，常常聚在一起想对策。

"你们看到过野猪拱地，拱出吃的了吗?"一天，一个年轻的坎巴人问道。

这个问题很快得到了大家的回应，都争先恐后地说自己看到过。

"不知道野猪吃的是什么，我们能不能吃呢?"年轻人又问。

"难道地里面的东西能帮我们渡过难关?"一位长者充满疑问。

大家七嘴八舌地讨论着。

最终，坎巴人决定试试，看看能不能从地里挖出些能吃的东西来。但是，他们得用什么工具才能破开坚硬的土地呢? 坎巴人又遇到了一个难题。

聪明的坎巴人找到了一些坚硬且锋利的石头，做出了一些比较简陋的工具，例如锄头。人们来到野猪经常拱的地方，果然，刨出一些东西。

"快来看，这是什么?"面对又粗又大、形状不一的东西，一个坎巴人直挠头。

"这应该是植物的根。"一个老人给出了答案。

剥掉外皮，里面又白又嫩，却没有人愿意尝试，确定它到底能不能吃。

一些人快要饿死了，就将这个根块用火烧熟吃掉了。人们觉得这个东西没有毒，而且味道不错。

就这样，大家把剩下的根块也吃掉了。

找到了新食物，坎巴人高兴极了。过了不久，根块就成了坎巴人的主食，同时被坎巴人命名为"木薯"。

聪明的坎巴人总结之前的经验教训，不再一味地挖木薯，而是开始试着种植木薯，以免有一天再次面临饥饿。

经过无数次尝试，木薯被种植成功。人们手舞足蹈，可葛兰·巴姆却面带愁云。

部落中的女人们看出了葛兰·巴姆的异样，就来到她家里询问。

在朋友们的再三追问下，葛兰·巴姆道出了实情。

原来，她的小女儿说，每天吃完木薯之后，肚子就会发胀。为了不让自己难受，她每天都吃得很少，即便这样，她的肚子还是会胀。

"女儿逐渐消瘦，每天都嚷嚷着饿，而我能给她的只有木薯……"葛兰·巴姆说到这里，已经泣不成声。

其实，别的族人也遇到了吃木薯胀肚的问题。可是，能填饱肚子他们已经很满足了。

一天，细心的葛兰·巴姆去外面干活儿，休息时看到林

中的小鸟喂食，于是从中得到了启发。回到家，她把煮熟的木薯放在嘴里嚼烂了再喂给小女儿。

不过，葛兰·巴姆没敢喂女儿太多，因为她并不确定这个办法是否管用。

"妈妈，我饿了，还想吃木薯。"小女儿说。

"你的肚子不胀吗？"葛兰·巴姆焦急地问道。

小女儿愣了一下，眉头紧锁，好像在思考着什么。看着女儿一脸严肃的样子，葛兰·巴姆紧张极了。

"我好像并没有觉得胀肚，也许是我今天吃得太少，我想再吃一点儿。"小女儿不确定地说。

葛兰·巴姆松了口气，心想小女儿现在还没有觉得胀肚，也许这个办法有了一定效果。为了再次验证，葛兰·巴姆又细心地将木薯嚼碎了喂给小女儿，这次明显多吃了一些。

小女儿好久没吃得这么饱了，蹦蹦跳跳地走开了。

不一会儿，外面传来小女儿的欢笑声，葛兰·巴姆紧锁的眉头慢慢地舒展开来。

整整一天,葛兰·巴姆都没有听到小女儿说胀肚。

此后的几天,她都用同样的办法喂小女儿。值得高兴的是,小女儿再也没有嚷嚷过肚子胀。

葛兰·巴姆确定这种办法管用,便将它教给了部落中的其他妇女。

很快,这个办法得到了大家的认可,人们都纷纷夸赞葛兰·巴姆。

一天,葛兰·巴姆要外出,于是在早饭时就把木薯嚼碎放在了一个竹筒里,提前为小女儿准备好午饭。

转眼到了中午,葛兰·巴姆回到家,见小女儿还没有吃午饭,便想要把早上弄好的木薯泥拿出来热一热。

当竹筒被打开,奇怪的事情发生了,一股特别的味道飘了出来,葛兰·巴姆有些不知所措。

"你调换了竹筒里的东西?"葛兰·巴姆叫来小女儿,问道。

"我根本没有动过它。"小女儿看了看妈妈手中的竹筒，摇了摇头。

葛兰·巴姆好奇地看了看竹筒的里面，发现里面放着木薯泥，可是味道却与平时吃的大相径庭。

在好奇心的驱使下，她把一点儿木薯泥放进了嘴里。

葛兰·巴姆觉得味道还不错，酸酸的，香香的，还有一丝甜意。原来，天气太热，木薯泥在竹筒里发酵了，因而散发出一丝酸甜的味道。

葛兰·巴姆把这些木薯泥喂给小女儿，没想到小女儿十分喜欢。

又是一个神奇的发现，葛兰·巴姆当然不会独享，于是又一次告诉了部落中的妇女们。

大家有了上次的经历，没有一丝怀疑，马上回家如法炮制。

后来，这种由木薯泥经过发酵而形成的酸甜的酒被坎巴人称为"马莎托酒"，并迅速成为坎巴人喜爱的饮品之一。

　　每当庆典聚会时，坎巴人都会饮用这种酒。所以，在聚会的前三四天，妇女们就开始准备大量的马莎托酒。

　　人们选出部落中年纪较大、受人尊敬的妇女，把煮熟的木薯用嘴嚼碎，收集到一个很大的挖空的树干中等待发酵。

　　三四天后，木薯泥就变成了酒液。这种酒的酒精含量很低，不过如果饮用过量还是会有些醉意。

　　人们一边兴高采烈地痛饮马莎托酒，一边感谢酿酒的勤劳的妇女们。

　　"是你们发明了这么好喝的马莎托酒，又是你们酿出了马莎托酒，我们感谢你们，为你们而感到骄傲！"聚会上男人们举着竹筒，哈哈大笑。

　　这，就是马莎托酒的故事。

龟 女

美蕊的家在一条小河边，父母靠捕鱼为生。妈妈非常爱她，可是爸爸却不怎么喜欢她。

这一天，爸爸妈妈快要回家时，才捕到一条小鱼。妈妈说把这条小鱼留给女儿。爸爸没有作声，继续捕鱼。很快，又捕上来一条小鱼。

"这条小鱼也留给美蕊吧。"妈妈看着小鱼说道。

爸爸不满地白了妈妈一眼，仍没有作声。看样子，不捕到大鱼他是不肯回家了。

接着，爸爸又捕到一条小鱼，他的心情更不好了。

妈妈说把这条鱼也留给美蕊，不卖了。

烦躁的爸爸随手抄起旁边的船桨，愤怒地向妈妈砸去。妈妈没来得及说什么，惨叫了一声，就掉进了河里。

妈妈死后变成一只乌龟，游向了河水深处。

"捕鱼时你妈妈不小心掉进河里淹死了。"傍晚，爸爸回到家告诉美蕊。

美蕊伤心地哭了。

不久，爸爸又娶回一个女人。她是一个巫婆，还带来一个名叫玛基丹的女儿。

满脸麻子的玛基丹倚仗自己的巫婆妈妈，整日欺负美蕊。爸爸却视而不见，任凭玛基丹母女胡作非为。

一天，美蕊受欺负后，独自来到小河边，坐在码头的石堆上伤心地大哭起来。

这时，一只乌龟爬到了美蕊的脚下。美蕊伸出手抚摸着乌龟，把它抱在怀里。她觉得这只乌龟就是自己的妈妈，妈妈一定是听到了她的哭声，游上来看她了。

美蕊早晨哭着离开家，回来时却满脸笑容。巫婆母女既生气又好奇，想不明白还有什么事能让一无所有的美蕊开心。

一天，巫婆母女悄悄地跟在美蕊的身后，来到河边。

美蕊刚坐到石头上，就看见乌龟慢慢地游出了水面，来到她的脚下。美蕊抱着乌龟，嘴里还说着悄悄话。

躲在一边的巫婆母女非常嫉恨，决定除掉乌龟。

巫婆在丈夫面前装出病重的样子，并说只有吃了河边码头的乌龟肉才能好。

爸爸为了讨好巫婆，来到河边，抢走了美蕊怀里的乌龟，大步向家里走去。

美蕊追不上爸爸，伤心地哭了。

巫婆吃了乌龟肉，还让美蕊把剩下的分给村子里的人。美蕊只好照做，并嘱咐村民把吃剩的骨头扔到房前，晚上她过来取。

夜里，美蕊捡回乌龟骨头，悄悄地埋在了屋檐下。

第二天早晨，埋乌龟骨头的地方长出了一棵结满金果和银果的大树。

村民都跑来围观。这时，捕猎的王子恰巧路过，好奇地问树是谁的。

"这棵树是玛基丹的。"巫婆说着，把女儿推到了王子的面前。

"那你把树上的果子都摘下来吧。我带你走！"王子看着

玛基丹说道。

玛基丹兴奋地冲到树前，可是一颗果子也没摘下来。王子失望地摇了摇头。

"这棵树是美蕊姑娘的。"好心的村民告诉王子。

"如果你们属于我，那就自己落下来吧!"美蕊大步走到树下，轻轻地说。

话音刚落，树上的金果和银果就纷纷落了下来。王子把美蕊扶上御象，一起回宫殿了。王子娶了美蕊姑娘的消息一传开，巫婆母女十分嫉妒，决心除掉美蕊。

美蕊在宫殿里接到消息，说家人想念她，要她回去住几天。

美蕊不想炫耀，就自己走回了家中。

吃饭时，美蕊不小心把一只汤勺掉到了高脚屋下面，起身去拾勺子。

这时，巫婆和玛基丹端来一盆滚烫的开水，倒了下去。美蕊一声惨叫，变成一只白鹭飞走了。

王子想念美蕊，派宫女来接她。玛基丹假扮美蕊，等候在家里。宫女们不肯带这个丑王妃回宫。

玛基丹借口出了满脸的天花，并露出愤怒的表情。宫女们没了主意，只好陪护假王妃回宫。

王子见来者不是美蕊，很生气。玛基丹谎称是因想念王子而满脸长了天花，叩肿了额头，哭长了鼻子。

王子并不相信玛基丹的话，决定让她为自己织件衣服。

玛基丹根本不知道如何操作机器，只能硬着头皮织布。这时，一只白鹭飞来，耐心地教她织布。布刚织完，玛基丹就拿起梭子凶狠地向白鹭打去。

王子看着布匹，认定玛基丹是美蕊。

玛基丹吩咐厨师把打死的白鹭做成菜，她要与王子一起享用。

饭桌上，王子好奇地看着这道装饰奇异的菜。

"是一只我织布时捣乱的白鹭，被我打死了。快尝尝鲜！"玛基丹说着，伸出筷子，却被王子的筷子挡了回去。

"我怎么从来没见过，这是什么菜啊？"王子问道。

王子的心突然痛起来，不忍心吃白鹭，就叫厨师把菜埋在了厨房旁。

次日，厨房旁长出了一棵苹果树。

一天，来御膳房送烧柴的一对老夫妻坐在这棵树下歇息。突然，一个苹果掉落在他们的脚下。老太婆觉得这个苹果还没有熟透，就把它带回了家，埋到米缸里捂熟。

外出打柴的老夫妻回到家里，被眼前的景象惊呆了：被子已叠整齐，屋子已打扫干净，缸里已装满水，饭菜已做好。

第二天一早，老夫妻照例上山砍柴。晚上回来时，家里的景象和前一天一模一样。他们决定一探究竟。

又一天早晨，老夫妻吃完早饭，假装上山砍柴。可走了一段路，两人就返回身，向家里走去。他们悄悄走进院子，透过窗子看见一个小女孩儿从米缸里钻出来，抖落了身上的米粒儿，像模像样地做起家务。

老夫妻一下子明白了，快步走进屋，趁小女孩儿不注

意，拿件衣服把她捂住了。

老夫妻知道了小女孩儿的身世。原来，她就是被害死的王妃美蕊。

"我们要把你送回去，你受了太多的委屈。"老夫妻心疼地说。

"不，我不想回去了。既然玛基丹爱做王妃，就让她做好了。"美蕊拉着老太婆的手，流下了委屈的泪水。

好心的老夫妻坚持把变回原样的美蕊送回了王宫，把美蕊的经历也告诉了王子。

美蕊的出现，让玛基丹吓了一跳。她为了挽回面子，决定和美蕊决斗，争个高低。

"这个巫婆污蔑我，所以她只能使用木刀。而我是被污蔑的人，必须使用钢刀。"玛基丹怕输给美蕊，大声嚷道。

王子答应了她的要求。玛基丹暗自高兴。

决斗开始了。玛基丹不顾一切地挥舞钢刀，奋力向美蕊砍去。大家吓得赶紧闭上了眼睛。

可是，钢刀砍在美蕊的身上，她并没有受伤，钢刀反而锩了刃，不能用了。这时，美蕊的木刀却神奇地飞出去，砍向玛基丹。

玛基丹怪叫一声，倒地而亡。

王子命令手下人，将死掉的玛基丹的衣服装在一个陶瓷罐子里，送给她可恶的巫婆妈妈。巫婆听说自己的女儿做了王妃，还派人送来了礼物，在丈夫面前马上神气起来。

"我的女儿天生就是做王妃的命，从现在开始，我要跟着女儿享福了。"巫婆骄傲地说道。

"奇怪，这里面的衣服怎么这么眼熟啊?"巫婆迫不及待地打开罐子，禁不住喃喃自语。

"快穿上吧，显摆什么!"美蕊的爸爸冷冷地说道。

"不好了，这里面的衣服分明就是我女儿玛基丹的呀!"说着，巫婆惊叫一声，倒在地上，再也没有醒过来。

从此，再也没有人欺负美蕊，她和王子过上了幸福美满的生活。

美人鱼的儿子

　　东当堆国的国王有个儿子叫贡觉德拉。他长得非常帅气，身材高大，眼睛就像清水一样明亮。他已经成年了，国王想把王位传给他，可是贡觉德拉却不想继承王位。

　　一天，贡觉德拉背着弓箭，带着食物去森林里玩。森林可真大呀，空气清新，茂密高大的树木到处都是，不知名的鸟儿在枝头唱着动听的歌，小动物们活蹦乱跳，野花遍地开放。王子玩得很开心，不知不觉迷路了。

　　王子走着走着，来到一条大河边，他又饥又渴，坐在河边的一块大石头上，拿出随身带的食物吃了起来。

忽然，河水翻滚起来，在朵朵白色浪花的衬托下，一条黑色的大鱼跃出水面。阳光下，大黑鱼披着鳞片、吐出水泡，闪着七彩的光，就像一位少女，尽情享受着美丽的生活。

王子瞪大眼睛，这难道就是传说中的美人鱼吗？美人鱼可是无价之宝啊！王子想，我一个人是捉不到它的，如果有机会接近它，一定要仔细看看。

正在这时，忽然传来美人鱼的叹息声："哦，多么美好的日子啊！河水清清，树叶散发着芬芳，可是我却高兴不起来。我在这条大河里生活了这么久，没人能陪我一起玩儿。好孤单呀，谁会来陪伴我呢？"

王子听到这条鱼像人一样说话，吃惊极了。他站起身，彬彬有礼地说："朋友，我正在吃饭，你愿意和我一起分享吗？"说着，王子把一些食物撒到水面上。

美人鱼好开心啊，可是还没来得及吃，食物就被饥饿的小鱼抢走了。美人鱼说："哦，亲爱的王子，我什么都没有吃到。你的食物一定很鲜美吧？"

王子只剩下口中最后一口饭，便对美人鱼说："过来吧，张开嘴接着，只剩下最后一点儿了。"

美人鱼游到岸边，张开嘴，终于吃到了食物。

她甩动着尾巴，像个快乐的小姑娘，呵呵地笑着，在河水里游来游去。

"我是东当堆国王子贡觉德拉，出来玩了很多天，马上就要回去了。"王子对美人鱼说。

"东当堆国，一定很遥远吧。我们刚刚成了朋友，却马上又要分别，多让人难过呀！"美人鱼用尾巴划起一条条波纹，伤感地说。

"朋友，不要难过。我回去一定会禀明父王，我们的国家有个美丽广阔的吉祥湖，那里是人间的天堂。我一定要举行盛大仪式迎接你去那里，让你过无忧无虑的日子。"王子也舍不得离开，便轻轻地回答说。

"哦，吉祥湖，美丽的地方，多么让人向往啊！"河里立刻传来美人鱼清脆的笑声。

王子回到王宫，向父王禀告了自己的奇遇，并希望父亲能把美人鱼接过来，放在吉祥湖里。

"我的孩子，妖魔鬼怪在引诱你，她的妖法迷惑了你。如果我们真的把那条鱼接来，一定会为我们国家带来灾难的。"国王听后，大吃一惊，严肃地说。

众大臣也都随声附和。王子很失望，垂头丧气地走了。

为了让王子忘记美人鱼，国王决定为贡觉德拉娶一位公

主，并立即传位给他。王子没有办法，只好接受了父王的安排。从此，他统治着整个王国，日理万机，渐渐把对美人鱼的承诺抛到了九霄云外。

美人鱼在大河里翘首企盼，望眼欲穿，却始终不见王子的身影。她知道贡觉德拉不会来了。

"他一定是把我忘记了。"美人鱼自言自语地说，失望的心情油然而生。

过了一段时间，美人鱼发现自己的身体有了变化，肚子越来越大。原来，她吃了王子的食物，竟然怀孕了！

十个月过去了，美人鱼生下了两个儿子。这两个儿子都是人的模样，不能在水里生活，美人鱼小心翼翼地把他们放在岸边的石洞里，每天寻找合适的食物，慢慢地把他们养大了。

大儿子亚亚加和小儿子孔达都聪明伶俐，整天在石洞里进进出出，与小兔子一起嬉戏，与鸟儿一起玩耍，过着无忧无虑的日子。

　　时间过得可真快啊，亚亚加和孔达已经16岁了。他们长大了，也懂事了。"妈妈，妈妈，我们既然都是您的孩子，为什么和您长得一点儿都不像呢?"一天，亚亚加和孔达一起问妈妈。

　　美人鱼见孩子已经长大了，到了自食其力的年龄，就把事情经过原原本本地告诉了他们。

　　"啊，我们原来是东当堆国王子贡觉德拉的儿子，他的眼睛像水一样清澈! 父亲究竟是怎样一个人呢? 我们还从来没有见过他。"两个儿子日思夜想，最后想征得母亲的同意，去寻找父亲。

　　美人鱼听了孩子们的请求，心里像刀绞一样难受，舍不得孩子们离开。

　　"你们的想法是对的，妈妈虽然舍不得你们，但一定会支持你们。听好妈妈的话，你们就要到人间去了，那是一个非常复杂的地方。和别人交往要三思而后行，要互相帮助，要结交真诚善良的人做朋友。亚亚加，你是哥哥，要照顾好弟弟，不能听信别人的谗言。如果路上遇到困难，就想想父母的恩情，它会给你们力量，保佑你们平安无事的。要记住，无论何时何地，妈妈永远爱着你们，无论发生什么事，我都永远和你们在一起。"她含着眼泪叮嘱自己的两个孩子。

说到这里，美人鱼已经泪如雨下了！

亚亚加和孔达告别了母亲，踏上了寻找父亲的道路。

烈日炎炎，山路陡峭，十分难走，但是小哥儿俩相互搀扶，不辞辛苦，一路跋涉，饿了就采摘山里的野果，渴了就喝山泉水，累了就躺在树荫下歇息。

不久，他们来到一个叫东宋巴的小国边境。这里有一个小村庄，村庄的一角住着一个没有父母的少女。亚亚加和孔达来到少女家讨饭吃。少女听了他们的故事，非常惊讶，热情地招待了他们，还请他们和自己一起住。

村子里的人都不知道东当堆国在什么地方，孔达和亚亚加只好暂时住下来，和少女一起在村边开垦了一块荒地，种了很多庄稼。

夏天到了，田野里绿油油的。大豆和高粱迎风舒展着自己的叶子，使劲儿地生长，麦芒齐刷刷地指向天空，预示着辛勤的劳动将喜获丰收。三个人日出而作，日落而息，过得很富足。

渐渐地，孔达发现了一件事，哥哥亚亚加和少女相爱了。他们有时一起到小河边说悄悄话，有时一起到山坡上晒太阳，有时手拉着手在田野里奔跑。最后，他们结婚了。

婚后，哥哥像变了一个人，每天都和嫂子在一起，对她唯命是从。

"我们什么时候去寻找父亲呢？"孔达不知如何是好，只好时常提醒哥哥。

亚亚加总是搪塞他，说一些不相干的话。

孔达觉得哥哥和自己慢慢疏远了，再也不像以前那样亲密无间了。嫂子也不再对他热情了，还常常对自己怒目相向。

　　这一年赶上了天灾，他们赖以生存的田里只收获了一点点粮食，连温饱都成了问题。

　　这时，嫂子起了坏心，经常在哥哥耳边说孔达的坏话，想把他从家里赶出去。哥哥开始时还不忍心赶走弟弟，可是时间长了，也对孔达有了偏见，总是找茬让弟弟干重活儿，还时常责骂他。

　　孔达记着母亲的话，兄弟两个要互相帮助，于是忍气吞声，希望通过自己的努力劳动，换来兄嫂的真情。

　　一天，哥哥决定把弟弟赶出家门。他把孔达骗到森林深处，说："哦，天啊，我们已经没有口粮了，饥饿真是可怕的魔鬼。今天我们去捕猎，要挖一个五米深的陷阱，只要能捉到野兽，我们的晚餐就有着落了。"

　　孔达一点儿也没有怀疑，连忙帮助哥哥挖陷阱。当陷阱挖到五米深的时候，亚亚加顺竹梯爬了上去，然后把竹梯抽走，头也不回地走了。

　　孔达害怕极了，一遍又一遍地喊着："哥哥，哥哥，快来救我呀!"可是,只见树叶纷纷落下,却不见哥哥的身影。

焦急的孔达在陷阱里急得团团转,一会儿跳跃,一会儿向上攀爬,可是陷阱太深,他折腾了一天一夜,也没有爬出来。

新的一天开始了,阳光透过树木的枝叶投射下来,森林里一片寂静。孔达已经筋疲力尽,这时母亲的话又回响在耳畔:"妈妈会和你在一起的,会保佑你们平安无事的。"

　　孔达的眼圈红了，此时此刻，他是多么想念自己的母亲啊！他对着母亲的方向说："母亲啊，您对我恩重如山，我永远都无法报答您。现在哥哥对我起了坏心，我逃不出陷阱了，您的慈爱能给予我力量，快来救救我吧！"

　　孔达话音刚落，就刮起一阵狂风，一丛翠绿的竹子落进陷阱。孔达顺着竹子爬出了陷阱。

　　嫂子见孔达回到家里，别提多生气了。亚亚加决定把弟弟骗到更远的地方。

　　亚亚加带着孔达跋山涉水，来到一片茂密的树林里。林中有一棵四米粗的大树，树梢上筑着一个很大的鸟窝。

　　"我们上去掏鸟蛋，那可是人间的美味呀，你嫂子最爱吃了。可是这棵树太高，我们得先往树上钉一些楔子，然后踩着它们向上爬。"亚亚加说。

　　孔达想，如果能让哥嫂高兴，那我一定要掏几个鸟蛋下来。想到这里，他毫不犹豫地踩着哥哥钉下的楔子，向大树的顶端爬去。

孔达爬到树梢，看见鸟窝里有两个很大的鸟蛋，高兴地喊道："哥哥，鸟蛋好大呀！"

随后而来的亚亚加看了一眼，虚伪地说："哦，太令人吃惊啦！你在这儿等着，我下去拿篮子和绳子，这样才能把鸟蛋运下去。"说着，他下了树。为了断孔达的退路，把楔子全都拔掉了。

孔达发现后，大吃一惊，哭着喊道："哥哥呀，你怎么能把我扔下不管呢？难道你忘记妈妈的话了？你再也不心疼我了吗？我们要互相帮助！我会饿死的！"

可是哥哥好像没听见一样，回家了。

孔达正在树上哭喊，忽然天空中传来雷鸣般的响声，原来是大鸟回来了。大鸟的身体如公牛一般，圆圆的大眼睛，弯弯的嘴巴，铁钩那样尖锐的爪子。它见到孔达，非常愤怒，竟然像人一样说话了："你怎么敢来伤害我的孩子，不怕我把你吃掉吗？"

孔达非常害怕，身子不由得抖动起来。可是想到慈爱的母亲，他又有了力量，把自己的遭遇和大鸟说了一遍。

大鸟听了，眼睛瞪得圆圆的，说："哦，我可怜的宝贝儿，原来你是我的好朋友美人鱼的儿子呀，幸亏我没袭击你，否则早就变成我腹中的美食了。"

"我要保护你。但我的丈夫很粗鲁，我怕他会伤害你，你先到我的翅膀底下躲一会儿吧。"大鸟想了想说道。

不一会儿，孔达就听到了雄鸟洪亮的叫声。它刚一落到树枝上，雌鸟就赶紧说："亲爱的，在这个世界上你最爱的是谁呢？"

"我最爱的当然是你，还有我们即将出生的宝贝儿。"雄鸟由衷地说。

"是啊。我们的孩子马上就要破壳而出了，但是它们会非常弱小，会面临太多的危险。我们早出晚归觅食，必须要找个人保护它们才好。"雌鸟欣慰地说。

"是啊，可是到哪儿去找一个让我们放心的人呢？"雄鸟也着急起来。

"就在这里了，他是我们的老朋友美人鱼的儿子，是最值得信赖的人。"雌鸟说着把藏在翅膀底下的孔达亮了出来。

从这一天开始，孔达就住在大鸟窝里，每天悉心照料两枚鸟蛋。不久，两个毛茸茸的小宝贝破壳而出。大鸟每天外出觅食喂养它们。两个小宝贝的羽毛渐渐有了光泽，叫声也越来越洪亮了，还经常顽皮地在树枝上蹦来跳去。

孔达看到小鸟的父母非常疼爱它们，不禁想起了未曾谋面的父亲，"他知道我和哥哥的存在吗？如果他在我们身边，会不会也这样爱我们呢？"

孔达就像一个大哥哥，和两个小宝贝形影不离，无微不至地照料着它们。两只小鸟成年后，变得像父母一样健壮巨大。它们和孔达亲密无间，时常把他驮到地面上去，让孔达一次次体验飞翔的奇妙。

一天，大鸟对孔达说："孩子，我们的两个小宝贝在你的照料下都长大了。我们马上就要飞到另外一个更适合我们居住的地方去了，所以我们要分手了。"

大鸟夫妇临走前，飞到附近的村庄，为孔达衔来各种生活用品和植物的种子，又在森林里帮他开垦了一大片田地。

孔达在大树的枝杈间修了一幢房子。一切准备就绪后，他开始播种。田里的土黑油油的，孔达清理着地里的杂草，眼前不禁浮现出哥哥亚亚加的身影。

"哥哥，你和嫂子过得还好吧。"孔达仍念着兄弟之情。

孔达每天悉心料理自己的庄稼，清晨露珠送他几许微凉，傍晚夕阳照耀他的脸庞。

收获的日子到了。成片的稻子金黄金黄的，宛如金色的波浪；大白菜仿佛是穿着白裙子，染了绿头发的小姑娘；一串串葡萄挂在枝头，亮晶晶的……孔达走在田野上，享受着丰收的喜悦，脸上荡漾着幸福的笑容。

每到产卵的季节，大鸟夫妇就会回来，孔达便帮忙照料新出生的鸟宝宝。力大无穷的大鸟则帮助孔达修建粮仓。

日子过得悠闲自在，一晃两三年过去了，孔达已经积攒了很多粮食。但是，他寻找父亲的念头始终没有断。

哥哥亚亚加的日子过得并不如意。由于气候异常，庄稼颗粒无收，夫妻俩艰难度日，每天只能用碎米煮些稀饭，勉强填饱肚子。

亚亚加养的狗早已瘦得皮包着骨头，为了活命，每天走很远的路，四处觅食。这天，它恰巧来到孔达居住的地方。见到孔达，瘦弱的狗马上来了精神，摇晃着尾巴在孔达脚边蹭来蹭去。孔达有些意外，狗怎么会跑这么远呢？

狗饱餐一顿，回到主人家里。

亚亚加发现狗吃得很饱，觉得很奇怪，心想：这个家伙是遇到富人了吗？我一定要去看个究竟。

第二天，亚亚加跟着狗走了很远的路，最后来到孔达的地里，气喘吁吁地坐在田埂上休息。

这时，孔达正拿着竹板来驱赶野兽，一边走，一边敲，竹板发出有节奏的叭叭声。

亚亚加听后，大吃一惊："这不正是小时候母亲叫自己和弟弟吃饭的声音吗？"

"哦，亲爱的母亲！"亚亚加回想起自己的所作所为，后悔不迭，"我没听母亲的话，没有照顾好弟弟，现在饱受饥饿之苦，这都是上天对我的惩罚，让我死吧！"亚亚加痛苦地呼喊着，"孔达，我亲爱的弟弟，哥哥错了！"

亚亚加的哭声被孔达听到了，他上前一看，竟然是哥哥。听着哥哥的忏悔，孔达再也止不住心酸的泪水，立刻跑过去，紧紧拥抱住哥哥。

亚亚加望着弟弟，又惊又喜。

"哥哥，你感到意外吗？是的，我还活着。因为思念着母亲的恩情，我勇敢地活了下来。一定是母亲让我们相遇的，亲爱的哥哥，你已经认识到了自己的错误，应该高兴才对。我这里有很多粮食，我们一起享用吧。"孔达哽咽地说。

看到弟弟原谅了自己，亚亚加更加羞愧。孔达让哥哥给嫂子带去很多粮食。

送哥哥回到村子，孔达看到很多人都异常穷苦。破落的房屋旁，到处是面黄肌瘦的人，他们的眼神是那么无奈，身体是那么瘦弱。

孔达很同情这些人，因为他从前也是个穷人，知道没有粮食的日子是什么滋味。于是，孔达将粮仓里的粮食搬运回村，送给那些需要帮助的人。人们因为有了食物，马上变得有精神了。

亚亚加运回了很多粮食，妻子对他说："现在粮食比金子还珍贵，我们应该卖掉一些。"亚亚加和妻子卖掉了一些粮食，变成了远近闻名的大富翁。

亚亚加闲暇的时候，想到弟弟一个人在森林里辛勤劳作，决定把弟弟接回来。而弟弟却说："我还不能和你回去，田里的稻谷马上就要收割了。另外，我还想再开垦些土地，这样才能帮助更多的人。"

亚亚加被弟弟的善良打动了，派来很多奴仆帮忙。

收获的季节到了，孔达又获得了大丰收，粮仓都装不下了。

孔达认为自己的成功，都是母亲的恩情，是母亲在默默地祝福他、帮助他。他和哥哥商量，要在村旁的大路边，修建一座漂亮的凉亭，里面雕一尊美人鱼的塑像。

一天，来了一队商人。他们看见漂亮的凉亭和美人鱼塑像，惊叹不已。孔达过来和商人们打招呼，讲了这座凉亭及塑像的来历，告诉他们那个美人鱼就是自己的母亲。商人们听了这个神奇的故事，无不对孔达肃然起敬。

从商人们的口中，孔达得知他们居住的国家，正是自己苦苦寻找的东当堆国，是父亲贡觉德拉统治的国家。他按捺不住激动的心情，把这个好消息告诉了哥哥。孔达决定跟随这些商人去寻找父亲，便对商人们说他想去东当堆国看一看。商人们很高兴，愿意为孔达提供方便。

孔达辞别了哥哥，跟着商队踏上了去东当堆国的路。

很快，孔达就和商人们来到了父王统治的东当堆国。这真是一个美丽的国家，孔达一到这里，就深深地陶醉了。

高大的王宫金碧辉煌，吉祥湖中的水像天空一样蓝，鱼儿在水中欢快地游动，道路两边摇曳的绿荫，鲜花散发着迷人的香气，路上的行人和商贩络绎不绝……

孔达多么想立刻去拜见父亲啊！可是，他又想起母亲的叮嘱——遇事要三思而后行。如果马上去认父亲，从未谋面的父亲会相信吗？如果把我当成骗子抓起来，麻烦可就大了。于是，他决定先住下来，观察一下情况，慢慢了解父亲，等时机成熟了再去拜见父亲。

在商人们的帮助下，孔达去一位大臣家里当差，这位大臣和国王贡觉德拉的关系非常亲密。孔达非常珍惜这个机会，无论做什么事，都非常卖力，很得大臣的赏识，成了大臣的贴身侍从和得力助手。

经过长期观察，大臣觉得孔达不像一般人家的孩子，便询问他的身世。孔达没有隐瞒，将自己的身世和经历原原本本告诉了大臣。

"你说的是真的吗？"大臣十分惊讶。

"我的主人，这一切都是真的。"孔达说。

"国王当年巡游的时候，确实遇到过一条会说话的美人鱼！可是他想把美人鱼接回来的愿望并没有实现呀。哦！不，我要马上把这个好消息告诉国王！"大臣说。

贡觉德拉国王虽然把国家治理得井井有条，但却很孤独，因为没有儿子，总觉得身边空落落的。

这天，大臣风风火火地跑进宫来，要给国王讲故事。看着大臣如此激动，国王决定听一听。

"国王陛下，我今天要讲的是一个动人的故事，请您一

口气把它听完。这个故事的名字叫《美人鱼的儿子》。"大臣从王子出游开始讲起，讲到美人鱼的两个孩子出来寻找父亲，讲到孔达在逆境中如何成长，帮助穷苦人，最后讲到孔达到一个大臣家里当差。故事讲得绘声绘色，国王立刻被美人鱼的儿子感动了，为他高尚的品德竖起了大拇指。

大臣讲完，国王的身子开始颤抖，觉得其中的情节跟自己曾经的遭遇相似，于是对大臣说："唉，我多么希望你讲的是关于我的故事啊，因为我也曾邂逅一条美人鱼。我曾答应把她接来，可是我失约了。这个故事一定是真的，对吗？"国王说着站起身来，眼睛里充满了期盼，"快告诉我真相，那两个孩子会是我的儿子吗？他们是来找我的吧？请你快说出来！"

大臣看时机到了，就把孔达正在自己家里的事情禀告了国王。国王决定马上召见孔达。

尽管父子两个从未见过面，但毕竟血浓于水，一见到孔达，国王立刻认定他是自己的亲生儿子。他拉住孔达的手仔细端详，一会儿拍拍手，一会儿又摸摸脸，然后在众大臣面前询问孔达的遭遇。

孔达身子站得笔直，真诚地回答父亲的每一个问题。他感到一种从未有过的暖流在心中涌动，哦，那是一种父爱带来的温暖！他为有如此慈爱的父亲而无比幸福，更为有这样爱民如子的父王而无比骄傲。

众大臣看着父子相见激动的场面，纷纷流下了眼泪。

国王贡觉德拉决定马上召开议政会议。

"各位大臣，你们都在为我高兴吧？你们都听到了这个离奇的故事吧？我继位多年，但一直没有后嗣，每想到此，都很伤感。现在上天垂怜我，给我送来了亲生儿子，我真是太高兴了！现在，我要当着诸位的面宣布，我的儿子孔达就是东当堆国王位的继承人。"国王神情激动地说。

"国王英明！"众大臣异口同声地高呼道。

"亲爱的父王，你想安慰我，想让我幸福，我很高兴。可是我年纪还小，不想当国王。您还是把王位传给哥哥亚亚加吧,我只要每天能服侍在您身边就心满意足了。"孔达上前一步说道。

贡觉德拉听了小儿子的回答,心里非常满意。他捋了捋胡须,笑着说:"你真是个心地善良的孩子,对于曾经迫害你的兄长,竟然一点都不记恨,还为他的前途着想。虽然你的话有一些道理,但作为一国之君,必须要爱憎分明,我只尊重善良和正义。你的哥哥亚亚加听信坏女人的谗言,灵魂已被污染,又怎么能治理国家呢?"

众大臣也都随声附和,要求孔达继承王位。孔达只好答应。

随后,贡觉德拉又把大儿子亚亚加一家接来,一番训斥后,让他去一个城市做官。

当上王子的孔达,对母亲的思念之情从来没有停止过。

"父王,我们兄弟两个因为父王的恩典已经过上了富足的生活,现在是应该报答母亲养育之恩的时候了。我想把母亲接过来,放在美丽的吉祥湖里,颐养天年,那一定是她最向往的。"这天,孔达迫不及待地对父亲说。

"你说得很有道理，我也正有此意。就让我兑现曾经的诺言吧。"国王听了儿子的话，感动地说。

孔达和哥哥亚亚加带着很多仆人去迎接美人鱼，可是大河里再也没有美人鱼的踪影。他们在岸边的石洞里热切地呼唤，在河边焦急地徘徊，却始终听不到母亲的回答，看不见母亲的身影。原来，美人鱼在半年前，因为受不了和儿子们的分离之苦，已经忧郁而死了。

最后，孔达和哥哥在石洞前的岸边，在母亲从前给他们喂食的地方，发现了母亲的遗骸。两位王子的心都要碎了，不禁跪在地上号啕大哭起来。

"小时候，就是在这里，您满怀希望守护着我们，教我们游泳，陪我们玩耍，给我们讲森林里的故事，哼唱摇篮曲哄我们入睡……亲爱的母亲啊，您的恩情说也说不完！"兄弟俩哭诉着。

孔达跪在地上，回忆着母亲的笑声，母亲的教诲，临行时母亲的不舍之情，内心充满了伤痛。

兄弟俩悲痛的哭声在森林里回荡，风中传来树梢沙沙的鸣响，这多么像美人鱼深深的叹息啊！

大河里再也没有美人鱼熟悉的身影，兄弟俩收拾好母亲的遗骸，走出森林，一路风尘，回到了东当堆国的都城。

见到父王，他们含泪把经过一一禀告。贡觉德拉国王回想往事，心里充满了酸楚。

"是我自己没有实现当初的诺言才害了她呀！"国王喃喃地低语道。

两个王子请求为母亲雕一座纯金的塑像。国王看到两个儿子如此孝顺，自然答应了他们的请求，并隆重地安葬了他们的母亲。

后来，贡觉德拉国王老了，把王位传给了孔达。美人鱼的儿子虽然做了东当堆国的新主人，但却牢牢记着父母的恩情，勤勤恳恳地治理着自己的国家。他爱民如子，凡事亲力亲为。百姓们丰衣足食，安居乐业，十分幸福。

东当堆国更加美丽了，蓝天白云之下，吉祥湖水清得发

亮。每当春风吹过，鸟儿便成群结队地在湖面上啁啾徜

徉，好像在唱着一首赞美诗。

美人鱼的儿子，是生活中的榜样。

他把最美好的品德播撒在东当堆国的土地上。

啊，正义与善良，富足和安康，是人间的天堂！

让我们把美人鱼歌唱，让我们把美人鱼向往！

兔子摄政王

很久以前，草原和森林里的动物还生活在一个有组织、有纪律的大王国里。那时候，动物能说话，能像今天的人类一样为了生存而专心致志地从事一些活动。

在这个王国里，有一只被称为"森林之王"的狮子，他自然就是至高无上的统治者。有一天，老狮子突然病倒了，而且病情越来越严重，每过一天他就向死亡和坟墓迈近一步。为此，老狮子的精神极度消沉，情绪不稳定，有时激动、暴躁不已，有时麻木不仁，而有时又表现得非常眷恋身边的一切。

有一天，老狮子想把该做的事情做好，就把王位的继承者——他的小儿子叫到了身边，语重心长地说："我的孩子啊，我已经衰老了，病魔缠身，活不了太久了，王国里最好的医生也无能为力，这些我心里都很明白。我在位的这些年，按照几千年来形成的君权至上的原则治理王国，让我感到高兴的是，执政三十多年来，我受到了臣民们的爱戴和尊敬。因此，我留给你的皇冠是纯洁无瑕的，我希望你把皇冠传给你的继承者时，也能保持它纯洁的光辉啊！"

"父王，我还太年轻，不会治理王国。本来，母后可以辅佐我执政，可她过早地离开了我。"小儿子伤心地说。

"孩子，你知道，在这个世界上，如果说权力和力量对于国王来说是两个珍贵的工具，那么对于一个想要赢得民心的国王来说，还要具有智谋。这一点极为重要。因此，我想给你找一个能够给你出谋划策的摄政王。我决定摒弃那些陈腐的习惯，不从你的叔叔们中间选择，我想指定一个确实有超群的能力和才干的，来辅佐你。"老国王说。

"父亲，我听从您的安排，而且，我也坚信您做的是正确的。"小儿子诚恳地说。

过了一些天，老狮子准备要传位了。所有的臣民们都聚集在广场上，亲自见证传位仪式，并庆祝新的狮王陛下隆重登基。臣民们来自四面八方，还带来了各式各样的礼品——能换取伟大的国王对卑贱的臣民恩典的礼品：煮鲜蛋、腊肉、熏肉，还有用考究的料子做成的各种颜色的服装，还有各种工艺品。

臣民们互相欣赏和比较了礼品后，狮王驾到了，亲王搀扶着父亲，所有的达官贵人跟随其后。这时，所有的动物们都跪倒礼拜，三呼万岁，欢迎最尊敬的国王陛下。

狮王惊天动地地吼叫了一声，所有的臣民继续顶礼膜拜，以示臣服。国王在铺着斑马皮的巨大宝座上坐了下来，所有官员也在他左右就座，这时，台下的臣民才缓缓站立。突然，又一声震天的狮吼后，国王开始讲话了："我所有的臣民们，你们从王国的四面八方而来，参加盛大的登基庆典，这让我感到非常荣幸。让我欣慰的是，你们的皮毛光亮，羽毛鲜艳，鳞片光彩夺目，足以见得你们的统治者是多么的智慧和严明。在这三十三年，我宽厚仁慈地治理王国，保护弱者，镇压强者的贪婪；我调整了税收，减少了所有人的生存压力；我还用最高级别的法院解决最复杂的纠纷。基于对你们的爱，特别是对弱小群体的

爱，我才做了这一切，保证王国的江山绵延千秋万代，这就是我一直以来的目标和准则。"

所有的臣民都在仔细聆听国王的讲话。

"我的臣民们，我现在身体不适，但还是坚持来这里，主持登基庆典，目的就是要告诉所有人，我能够领导你们，领导这个王国，我感到非常自豪！可是我已经衰老了，并且病魔缠身。我虽是国王，但不奢求长生不老，今天，我要借此机会，把我的儿子——王位的继承者隆重地介绍给你们！"国王继续说。

国王的庄严宣布引起了全场雷鸣般的掌声。狮王继续说："我的儿子还年轻，本来王后是可以摄政的，但是你们知道，大家爱戴的王后早已去世。下个月的今天，也就是农历十四，我们要再举行一次像今天这样的集会。"

国王的决定激起了人群中经久不息的掌声和欢呼声，鼓乐声响彻了整个草原。在场的所有动物都尽情地欢唱，歌唱国王的伟大。国王和他的儿子开心极了，而国王旁边的达官显贵们，如老虎、豹子等，也在敷衍地笑着。其实他们对国王的决定非常不满，因为以往，摄政王的职位很可能就是他们其中某个人的。但是国王已经决定的事情，就一定要服从。

节日的庆祝活动已经进入了高潮，所有的臣民们都在疯狂地雀跃着，欢呼着，空气中弥漫着滚滚红尘，那尘土上面，偶尔可以看见一些尖角、色彩斑斓的鳞片和鲜艳的羽毛在飞舞。

有一只小兔子叫扎尼，他在离广场不远的灌木丛荫下，观看着登基大典的庆祝活动。他的两只大耳朵一会儿竖起来，一会儿又垂下来，谁都不难看出，他是在反复地考虑一些重大的事情。

是的，兔子扎尼正在分析国王刚刚讲过的话，他仔细斟酌每句话的意思，包括表面的、隐含的，他还在想着自己的计划可能带来的后果。

这时候，鼓乐声已经变得低沉了，大家的舞步也逐渐消失在附近的丛林之中。扎尼这才走出兔窟。经过了大半天苦苦的思索，兔子已经做出了一个重大的决定。当他确定下来这件事后，便连蹦带跳地消失在暮色中。

第二天，兔子扎尼买了一只公羊，来到了最尊贵的鬣狗家门前。

"你好，鬣狗老兄。请让我在你家歇歇脚吧。如果你同意，我将感激不尽。我呢，来自一个很远很远的地方，我这次来是要向我的一个债户讨账的。他在结婚的时候，从我这里借走一大笔钱，可他的全部财产也只有这么一只脏脏的山羊，他用这只山羊抵债了。我的债户实在太穷了，我只好同意了。但是说老实话，我真的很担心我把这只又脏又臭的山羊带回家，我老婆会跟我吵闹不休啊！"扎尼说。

"在我家里，你就像在自己家一样，扎尼老弟。"鬣狗说，"你知道，我家的大门向所有的朋友，特别是你敞开

着，我已经把你看成自家人了。至于你的山羊，它放在这里绝对安全。对了，那你没要回来账，尊夫人那里，你到底打算怎么交差呢？"

扎尼回答道："老兄，我是真的很为难呀！本来，我打算用我的那笔钱买一匹马的，可是那个债户来找我，苦苦哀求我，我哪能看着别人痛哭流涕呢！就这样，我借给他钱，现在也买不成马了。我这岁数大了，腿脚也不好了，跑点买卖、走点路就累得喘不上气啊！"

"那你怎么办啊？"急性子而又热情的鬣狗打断了扎尼的话。

"我也想过办法。我曾经请求那些跑得很快的动物，比如羚羊啊、水牛啊、斑马啊，我要把山羊送给他们，但是作为交换条件，我每次旅行时，他们得驮我出门。其实啊，我都快破产了，没有多少生意了，也没有多少路可以跑了。可是我遭到了他们所有人的拒绝。这个社会啊，已经不讲究积德行善了，我不如把这只山羊带回家，等将来国王的生日时，作为贡品献上去算啦！"扎尼很沮丧地回答。

"等等，除了你说的条件，你再没有别的要求了吗？"鬣狗问道。

"没有啦，只不过，驮我的时候，要在脊背上安一个鞍子，免得硌坏了我这把老骨头。"扎尼说着，捶了捶自己的腰。

"扎尼，我接受你的条件，现在，你这只羊就归我了。这点小事，你不用再给我什么报酬了，就这么定了吧，一个月之内，你要出门旅行，就来找我好了。不过，我可不想让我的老婆知道这件事。"鬣狗慷慨地说。

"当然，当然！"兔子高兴地满口答应了。对于和鬣狗的交涉，他认为他很成功，并且对自己的表现十分满意。

从此以后，每次扎尼打个暗号，鬣狗就跑出来。兔子给他备上马鞍、马嚼、马蹬等马具，然后骑上他在大街上逛，有时也去见狮王。每次兔子都叫鬣狗兜上好几大圈，好让森林、草原里所有的动物都看见，来显示自己的尊贵和荣耀。扎尼每次去朝见老狮王，都会对他虔诚地祝福，祝福老狮王早日康复。老狮王每次都感动极了。

兔子一次又一次地向身染重病的老狮王绘声绘色地描绘一番自己的坐骑，就好像那只被扎尼驯服的不是一只鬣狗，而是老虎、豹子或者是其他的猛兽。

盼望已久的日子终于到来了，摄政王的选拔大赛开始了！

王国所有的动物们都集合在王宫前面的广场上。礼宾仪式正在进行，整个场面庄严而又肃穆。在兔子上场前，好几个想要当摄政王的动物都没有得到国王的赏识。而就在这时，兔子扎尼穿着富丽堂皇、镶金边的缎子衣服上场了！他腰挎宝刀，头顶首相缎带，脚蹬马镫，骑在威武的鬣狗背上赶来了！

贵族老爷们都惊讶地看着眼前的兔子，麋鹿和其他瘦小的动物都欢呼起来。兔子扎尼不理会他们，径直穿过广场，在离国王的宝座很近的地方翻身而下，双膝跪倒。

兔子扎尼伸出双臂，庄重叩首，礼毕，他大声喊道：
"祝您安康，我的陛下！"

"我完全可以谅解你，兔卿。你对王室的深情和忠诚是
无可置疑的，你为王室效劳的热心也众所周知。但是，请
你告诉我，你的家里有很多这样的坐骑吗？"老国王问。

"是的，陛下，您知道，一个动物如果属于弱小的种
族，为了活下去，是多么需要动脑筋。所以，有智谋比有
力气更为重要。"兔子回答。

国王对兔子说的至理名言很是欣赏，于是他宣布：兔子
扎尼是新国王的摄政者！

新的国王和在场的臣民对这个选择非常满意，只有那些
达官贵人被气得沮丧而又暴躁。凶猛的首相老虎不能控制
自己，竟然纵身一跃，扑向了鬣狗！幸好鬣狗机灵敏捷，
躲开了老虎，但是猛虎的尾巴还是狠狠地击中了鬣狗的屁
股。老虎这种目中无人的行为，大大触犯了国法，因此被
狮王辞去了首相的职务。老虎自此悲痛欲绝，这就是老虎

家族和狮子家族至今仍然不共戴天的原因。而聪明的兔子扎尼，一直辅佐着新的国王，为森林和草原的臣民们办了不少的好事，受到了全国动物的尊敬和爱戴。

巴士拉的银匠

从前，巴士拉住着一位叫哈桑的银匠。

"你真是了不起！"突然有一天，他家来了一位波斯人，这个人对他的手艺特别欣赏。

在后来的日子里，波斯人经常来看望哈桑。两个人成了无话不说的朋友。

"我有一套炼铜成金的特殊手艺，从不外传。许多人花重金向我购买，我都没有卖。明天，我想把这个家传秘方告诉你，让你交好运，发大财。"波斯人很神秘地告诉哈桑。

哈桑听后特别高兴，晚上吃饭的时候和母亲说起了这件事。

"不要相信炼金术那些骗人的把戏。"让哈桑没有想到的是，母亲不但没有高兴，反而还警告他。

哈桑没有把母亲的提醒当回事，兴奋得一夜没睡，第二天天还没亮，就早早地打开铺门，迎接波斯人的到来。

大约过了一个小时，波斯人如期而至。他让哈桑生起炉火，把一个铜盘砸碎扔到坩埚里熔化，随手从兜里抽出一个纸包，把里面的东西倒了进去。

接下来，波斯人让哈桑不停地拉风箱，坩埚里的黄铜像变戏法似的变成了金子。哈桑看后非常高兴，把金子拿出来又掂又瞧，仔细辨认，确定这是一块纯金。

波斯人显得很大度，说不需要哈桑的感谢。他把哈桑叫到面前，让他把这块金子带到金市上卖掉，同时嘱咐他不要和别人多说话，卖完了赶紧回来。

按照波斯人的吩咐，哈桑很快就把这块金子卖了，得到很多钱。他高兴极了，回到家里和母亲说起此事。

母亲听后脸色很难看，气得一句话也没有说出来。哈桑央求波斯人再给他"点铜成金"。

"不要贪心，如果一天两次到市场上卖金子，你就会引人注目，离死也就不远了。"波斯人告诉他。

哈桑让他把这种手艺传授给自己。波斯人答应了，但说这里不行，要哈桑把他带到家才放心。

哈桑把波斯人请到家。两个人边吃边喝，聊得很开心。波斯人一边操作，一边口述。

哈桑看着低廉的黄铜加一颗小小的仙丹，片刻就能变成黄金，高兴得简直要跳起来。波斯人趁他没注意，把一片麻醉药塞进饼里。

"我有一位如花似玉的女儿，将来想把她嫁给你。"他对哈桑说。

哈桑听后喜上眉梢。波斯人顺势把带有麻醉药的饼递给他。哈桑吃完饼，一下子栽倒在地。

　　"终于落到我手里了!"波斯人一脸得意。

　　他用绳子把哈桑捆起来,装到一个大箱子里,然后把他的衣服和工具装在另一个箱子里,随后登上一条大船,命令船工起锚。

　　由于不想让任何人知道自己学"点铜成金",哈桑那天让母亲出去了。母亲很晚才回来,发现家里的东西被抢了,儿子也不知道去哪儿了,开始埋怨儿子当初不听自己

的劝告，招致今天这样的大祸。从那以后，她一个人住在家里，经常绕着屋子走来走去。

原来，波斯人名叫白赫拉睦，每年都要想方设法把一个人诱骗过来换钱。他把哈桑带到船上，并用了解药。哈桑片刻之间就醒了过来。

"我没招惹你，你为什么要这样对待我！"知道真相后，他和波斯人争执起来。

波斯人把他打得死去活来。船在海上行驶了三个月，他几乎每天都虐待哈桑。船长和水手们实在看不下去了，纷纷劝阻。波斯人知道众怒难犯，以后再也不敢毒打哈桑了。

波斯人表面上不欺负哈桑了，但内心又打起了坏主意。他对哈桑说，要把他带到一个美妙的地方去，那里有一座高山叫云山，是产仙丹的地方。他们在海上又漂泊了三个多月，终于上了岸。

他们走了很远一段路程，然后坐下来休息。波斯人掏出一面铜鼓和一个画着符咒的鼓槌，使劲儿敲打起来。

这时，只见远处尘土飞扬，不一会儿，隐约见到三只母骆驼从远处飞奔而来。

二人各自骑上一匹骆驼，余下的那匹用来驮运粮食。他们连续走了七天，来到一幢由四根大金柱子支起的圆顶房子面前。

波斯人对哈桑说，这个房子里住着他的仇人。接下来，他们又走了八天，来到一座巍峨挺拔的高山面前。

"只有采到药草，我才会把炼金术传授给你。"波斯人又掏出铜鼓，用力敲起来。

远处又有一大群骆驼向他跑来。波斯人精心挑选了一匹杀掉，剥下一张完整硕大的皮，让哈桑拿把刀，钻进骆驼皮里，并重新把它缝好，放在地上。

一会儿工夫，一只硕大的兀鹰从天而降，用嘴衔住地上的皮袋，飞向天空，很快就落到了云山顶上。

哈桑用刀子在骆驼皮上捅了一个洞，很快从里面钻出来，在山顶上和山下的波斯人对话。

波斯人看见哈桑，十分高兴，让哈桑转过身，一直往前走，把所见到的东西毫无保留地向自己说一遍。

哈桑一路上见到很多面目狰狞的骷髅，十分吓人，里面零星夹杂着六捆柴火。波斯人让哈桑把它们全部扔下来。哈桑把这一切都做完后，波斯人顿时又露出了凶恶的嘴脸。

"你已经没有利用价值了，现在只能长久地居住在这山上，或者从上面跳下来摔死，除此之外，没有别的出路了。"说完，他扛起柴火，头也不回地离开了这个地方。

哈桑内心痛苦极了，艰难地爬到山顶的另一侧，下面是波涛汹涌的大海。他面朝大海，两眼一闭，纵身跳了下去。

让哈桑没有想到的是，自己并没有被淹死，而是漂浮在浪花里，随着风浪慢慢地来到沙滩上。

他在沙滩上随意地向前走着，很开心自己能够死里逃生，走了一段时间，又来到前几天见到的那座房子面前。

"白赫拉睦今年骗来的那个人就是你吧！"一个少女发现了哈桑。

哈桑双腿跪倒在地，哭诉着请求她的帮助。少女把哈桑扶起来，让他坐在椅子上，百般安慰。一番谈话之后，哈桑才知道，这个大房子里住着她们姊妹七人。她们的父亲是当地一个很有势力的国王，但性格暴躁，狂妄自大。

他不征求女儿们的意见，把她们幽禁在这个风景秀丽、人烟稀少的地方。

从此以后，哈桑和七个公主生活在一起，日子过得轻松愉快，转眼就是一年。

有一天，他们正在乘凉，看到那个波斯人领着一个青年向山里走去。哈桑气愤极了，打算杀死这个坏蛋，给自己报仇，也让那个青年免于灾祸。很快，他和公主们全副武装，头戴面罩，手持宝剑，一起冲了过去。

就在波斯人杀死骆驼、剥下皮毛、打算让青年往里钻时，大家合力杀死了他。

哈桑从波斯人身上取出铜鼓和鼓槌敲击，招来一群骆驼，从中选了两匹，送给那个青年，让他回家去了。时间就这么一天天过去了，突然有一天，公主们的父亲派人来，要把她们接回宫去，尽享天伦之乐。

公主们过惯了这种悠闲自得的生活，十分不愿意回去，但是父亲之命又不敢违抗。

"你继续在这里生活，过段日子我们就回来。"临走时，她们对哈桑说。

哈桑实在不愿意自己一个人打发这无聊的时光，但也没办法。

"这里面有一个房间你千万不能进去！"公主们把各屋的钥匙交给哈桑，还特别提醒他。

从那天起，哈桑一个人过着百无聊赖的生活。有一天，他觉得实在太无聊了，就信步来到那个房间门口，最后实在按捺不住好奇，拿着钥匙，心惊胆战地打开房门走了进去，想看看里面到底有什么。

其实，里面的摆设很简单，和其他房间没什么两样，更没有什么值钱的东西，只有一个用玛瑙砌成的台阶。

哈桑沿着台阶走上去，立刻惊呆了，这里和刚才的场景简直就是两个世界。远处有一座金碧辉煌的宫殿，是用金砖、银砖、宝石和翡翠砌成的，建在大海和田园之间。

宫殿幽静典雅，哈桑流连忘返。这时，远处有十只飞鸟，落到庭园假山的水池中，他躲在那里静静观看。只见小鸟在水中相互追逐，嬉戏玩耍。后来，它们围坐在一块大石头上，用自己的爪子剥下羽毛，每个小鸟都变成了美丽的少女。哈桑心想，这可能就是七位公主不让我来这个房间的原因吧。

这时，一位靓丽的少女在大家面前说了几句话。少女们便又重新披上羽衣，变为小鸟，飞翔远去。哈桑顿时觉得好像失去了什么，很不情愿地离开了这个美妙的世界。过了两天，他忍不住再次打开那个房门，进入宫殿，痴迷地等待十只小鸟飞来，但再也没见过。

因此，哈桑得了一场大病，很长时间也没好。这时，七位公主被父王送回来了。最小的公主来不及梳洗打扮，就跑来找哈桑，看到他身体这么虚弱，感到很吃惊。后来，在小公主的多次追问下，哈桑向她哭诉了自己心中的秘密。

这时，小公主发现自己已经爱上了哈桑。但她为了成全

哈桑对小鸟仙子的情感，忍痛割爱，不但没有怪罪哈桑，相反还为他保守秘密。

小公主对姐姐们说，哈桑的病是由于经受不了长时间孤独所造成的，只要经过一段时间调理就会好的。

两个月后，小公主的姐姐们都出去打猎了，小公主对哈桑说起了仙境里那座宫殿的故事。

原来，让哈桑痴迷的美丽姑娘是当地最有势力的神王长女。她们七位公主的父亲也不过是她父亲手下的一个藩王。

神王也有七个出类拔萃的女儿，长女文武双全，排兵布阵更是行家里手。

正因为如此，神王很器重他的长女，指定她管辖一块地盘。长公主的地盘面积很大，从东到西，从南到北，通常都要走一年的路程。

因为路途遥远，她出外巡视都要穿上神造的仙衣。身旁的那些少女都是长公主的下属。

"你要和心爱的姑娘结婚，其实方法很简单，只要在每月月初的那几天看到她们来到这里时，悄悄记住长公主脱下的羽衣位置，把它偷走藏起来就行了。千万要记住，绝对不能把羽衣还给她，也不能让她知道羽衣藏在什么地方！"小公主语重心长地嘱咐哈桑。

哈桑听后十分高兴，亲吻了小公主的额头表示感谢。他耐着性子好不容易等到下个月月初，偷偷溜进那道门里。

当那些少女把羽衣脱下尽情玩耍时，哈桑便偷走了长公主的羽衣。长公主回到草地，发现自己的羽衣不见了，急得直拍脸颊。

她的下属们知道后也很慌张。这时，天已经黑了，不能再等了，大家只好和长公主惜别，转身飞走了。

哈桑见长公主一个人留了下来，便主动上前和她打招呼，把她带到这边的宫殿里，让她安心休息，然后去找小公主。小公主和哈桑一起来劝说长公主。长公主不住地摇头叹气，一夜没睡。

到了第二天，小公主又把她的姐姐们找来劝说长公主，说羽衣已经被销毁了，她永远回不去了。长公主思前想后，觉得也没有别的办法，于是和哈桑举行了婚礼。一天，哈桑在睡梦中看到自己的母亲一个人孤独地生活着，醒来后心神不定，于是决定和妻子一起回家看望母亲。

公主们很赞同哈桑的做法，送给哈桑夫妇很多贵重的礼物。夫妇二人骑着马，身后是一支庞大的骆驼队。七位公主送他们走了三个月的路程，最后才挥泪告别。

"哥哥、嫂子，别忘了半年回来看望我们一次。如果遇上什么危险，千万不要任性胡来，只要敲击一下波斯人的铜鼓，便有骆驼向你们奔来，驮着你们来找我们，我们会想办法帮助你们!"离别的时候，小公主最伤心了。

哈桑和妻子骑着马，带着骆驼队，不分昼夜地行走，终于回到了巴士拉城。刚走到自家门口，哈桑就听到从屋里传来老母亲的哭泣声，自己也情不自禁地流下了眼泪。

走进屋子，母子终于相见了。当老母亲仔细辨认真的是自己儿子哈桑回来的时候，激动得差点晕倒在地。

老母亲见到可爱的儿媳，又听哈桑讲了离别后的坎坷经历，不由得感慨万分。

担心大家说自己是靠炼金术发家，哈桑听了母亲的话，携全家搬到巴格达居住。

在巴格达，他们花了十万两金子买了一幢房子，开了一家店铺，过起了平淡的日子。

一晃三年过去了，长公主给哈桑生了两个儿子，一家人过得和和美美。这时，哈桑想起了七位公主，心想过了这么久，应该回去看看她们了。他到集市上买了名贵的丝绸和首饰，准备带给她们。

临行前，哈桑特别嘱咐母亲，一定要看好羽衣，不要经常让长公主外出。没想到母子俩的对话让长公主无意间听到了，她装作没听见，把这个秘密藏在心里。

哈桑走后的第三天，长公主便提出随着婆婆去澡堂洗澡。老母亲推辞不过，便和她一起来到澡堂。

长公主的美丽身材让澡堂里的所有妇女都为之惊讶，她们纷纷走上前去，仔细端详这个美丽的女人。

有一个名叫图哈斐突·奥娃黛的宫女恰巧也在这里洗澡，目睹了长公主的美丽身姿，忌妒得要命，猛然间想出一个阴险诡计，要把长公主推荐给王后。

图哈斐突·奥娃黛偷偷跟踪婆媳二人，等看到她们到家后，马上回到宫里向王后报告。

王后听到图哈斐突·奥娃黛对长公主的美貌赞不绝口，不由得心生妒意，当即唤来随从，命令他赶快把婆媳俩领进宫。

王后见到长公主时，长公主戴着面纱。王后让她摘下了面纱，没想到这张美丽的面孔，给整个大殿增添了光彩。她仔细欣赏着，被长公主的美貌彻底折服了。王后让长公主坐下，说要用最名贵的衣服装饰她。

"王后，我有一件贵重的羽衣，要是穿在身上，你们一定会惊奇万分的。"长公主趁机和王后说。

"羽衣在哪里？"王后随口问了一句。

长公主对她说，羽衣在婆婆手里，让王后向她要。开始时，老母亲坚决否认有这种东西，但长公主在旁边一口咬定说有，两个人就这样争论着。

王后发火了，老母亲实在没办法，只好带她们去找，最后把羽衣交了上去。

长公主见到羽衣，异常兴奋，站在王后面前，随手把刚刚接来的两个儿子抱在胸前。她把羽衣套在身上，又变回了一只鸟，在宫殿内跳起舞来。

大家全都看得入神。

"精彩的表演还在后面。"说完，长公主就抱着两个儿子飞向屋顶。

她告诉婆婆，如果哈桑回来找自己，就让他到瓦格岛去。王后有些过意不去了，向老母亲道了歉。哈桑对这些并不知情，在云山宫和公主们度过了三个月的美好时光后，带着礼物风风火火地回到家。

当听着老母亲讲起家里发生的一切时，哈桑好几次晕倒在地。他不吃不喝，长吁短叹，在家里哭了整整五天五夜，就这样持续了一个多月。

这天，哈桑突然想起要到云山宫中向公主们求救，于是日夜兼程地往云山赶。

到了云山，公主们听完他的诉说，一个个都来安慰他。就这样又过了一年，大家商量着可以向自己的叔父求救。

于是，公主们找到燧石引着火，取来叔父留下的香粉，把它放入火中，嘴里还一个劲儿念着叔父的名字。香粉燃尽后，远处尘土飞扬，紧接着，一个骑着大象的人向她们飞奔过来。

叔父是一位德高望重的长老，公主们向他讲述了哈桑的苦难经历，跪在地上请他把哈桑送到瓦格岛。

叔父刚开始的时候并不同意，后来经不住公主们极力劝说，才答应帮忙。随后，他带着哈桑骑上大象，很快离去了。

两个人长途跋涉了三天三夜，来到叔父居住的洞前。叔父拿出一封信，让哈桑骑上一匹快马独自向前飞奔。

按照叔父的叮嘱，哈桑费尽周折，好不容易找到一个名叫艾彼·勒威史的黑人长老。

黑人长老把一个皮袋交给哈桑，说里面装着救急用的乳香粉和打火石。

这时，他又让一个飞神过来。飞神把哈桑托在肩上，飞行了整整一天，来到柯夫尔国。

国王胡酥涅看到信后，向哈桑介绍了瓦格岛的情况，为了安全起见，劝他还是不去为好，因为这样太冒险了。

一路上，很多人都劝哈桑接受命运的安排。但哈桑不相信，婉言谢绝了他们的好意。

这一次，他更是下定决心。胡酥涅让哈桑在这里等了将近一个月，当一只货船要开往瓦格岛时，他命令船长把哈桑装在一个木箱子里，悄悄运上船。

十一天后，船在瓦格岛码头靠了岸。船长见没人注意，便把哈桑领上岸，藏在一只凳子下面。不一会儿，就来了无数全副武装的女兵，监视着船工们卸货。

这天夜里，一个贩货商人帮哈桑找机会混进了守岛女兵的帐篷里。哈桑的遭遇得到女兵首领佘娃西的同情。

在她的关照下，哈桑很快就被带去见管控七岛的女王努鲁勒·胡达。这个女王生性凶狠残暴，并且不允许身边的人结婚生子。努鲁勒·胡达让哈桑把城里所有女人认了个遍，但还是没有哈桑的妻子。

"我看你是在说谎，我要杀掉你！"她对哈桑说。

"女王，您的容貌还没有让他看到呢！"佘娃西在旁边说。

"难道他是我的丈夫吗？"说完，努鲁勒·胡达掀去自己脸上的面纱。

这时，绝望中的哈桑看了一眼女王，大叫一声晕倒在地。

努鲁勒·胡达心里一下子就明白了，哈桑的妻子是自己的双胞胎妹妹买娜伦·瑟诺玉，因为她们姐妹长得特别像。

"去买娜伦·瑟诺玉的住处把她找来，就说我非常想见两个外甥。"她命令佘娃西。

就这样，佘娃西把哈桑的两个儿子带进宫，而他们的妈妈要晚一天才能来。哈桑在努鲁勒·胡达面前看到自己两个活泼可爱的儿子，百感交集，顿时失声痛哭起来。

两个孩子出于天性，也跟着哭了起来，这个场面更加证实了哈桑和自己妹妹的关系。

女王看后怒不可遏，让人把哈桑拖走，扔到荒郊野外喂狼吃。第二天，她的妹妹买娜伦·瑟诺玉如期而至。

努鲁勒·胡达恼羞成怒，大骂妹妹厚颜无耻，做出了伤风败俗的事情。她对自己的妹妹动用了酷刑，并写信把这件事情告诉了父王。

国王听后更是气不打一处来，下令让努鲁勒·胡达处死妹妹。努鲁勒·胡达更加疯狂地毒打和折磨自己的妹妹。

佘娃西当过她们的奶妈，实在不忍心看到这一场景，气愤地要离开努鲁勒·胡达。努鲁勒·胡达得知后，派人把她毒打了一顿。

哈桑在原野中痛苦地行走着，这时，遇到两个正在打架的小男孩儿。

当哈桑得知小男孩儿手中的拐杖和帽子是拥有神力的法宝时，他想略使巧计，把它们夺过来。

"我投出一块石头，你们去抢，谁先捡到石头，谁就能得到拐杖，跑在后面的，只能得到有隐身功能的帽子。"他以裁判员的身份出现在两个孩子面前。

当两个孩子争先恐后地去抢那块石头时，哈桑已经戴上隐身帽，拄着拐杖进城了。

他隐身来到佘娃西家。佘娃西早已经对努鲁勒·胡达的暴戾行为感到不满，决心帮助哈桑救出妻子和孩子。为此，她想出一个计谋。

哈桑戴着隐身帽来到王宫，毫无阻拦地走进禁闭室，看到妻子被绑在柱子上。

他虽然强忍悲痛，但还是流下了眼泪。哈桑摘下帽子，孩子一眼就认出是爸爸，大声喊叫起来。哈桑很快又把帽子戴上了。

买娜伦·瑟诺玉在昏迷中隐约听到孩子们喊爸爸，感到非常奇怪。这时，哈桑走到妻子面前，摘下帽子。

买娜伦·瑟诺玉看到丈夫，顿时失声痛哭。哈桑说要把她和孩子们救出去。买娜伦·瑟诺玉听后只是摇头。

就在这时，努鲁勒·胡达突然从外面闯进来。哈桑急忙戴上帽子。努鲁勒·胡达怒气冲冲地问妹妹在和谁说话。

"是在和两个孩子说话。"妹妹心不在焉地回答。

努鲁勒·胡达又像往常一样，拿起鞭子不停地抽打她，打完后又把她关到另一个房间，然后就走了。

哈桑又跟着妻子来到房间。

"我不该离家出走，非常感谢你对我忠贞不渝的爱。"买娜伦·瑟诺玉深受感动。

这天夜里，哈桑解开妻子身上的绳子。两个人抱着孩子，偷偷跑出房间。但是，宫殿大门紧锁。正当他们觉得无路可走的时候，发现佘娃西正在这里等着他们。

只见佘娃西打开宫殿大门，护送哈桑夫妇来到郊外。

哈桑拿起拐杖往地上使劲儿一击。

只见地面开裂处冒出七个体格健壮的魔鬼，给哈桑夫妇和佘娃西送来三匹神马。

他们骑马奔跑了一个月，但还是被瓦格岛的女兵追上了。佘娃西让哈桑举起拐杖再次敲击地面，地面上又冒出七个神王。七位神王和追兵打了三天三夜，得胜而归，最后还俘虏了努鲁勒·胡达。

七位神王为哈桑夫妇备好椅子，让他们坐下来，把努鲁勒·胡达押进帐来。

佘娃西见到努鲁勒·胡达，列举了她的种种罪恶。哈桑下令处死她。努鲁勒·胡达早已失去了往日的神气，跪在妹妹面前，请求妹妹饶她不死。买娜伦·瑟诺玉不计前嫌，说服哈桑放了姐姐。一家人又重新和好如初。哈桑非常感谢神王的帮助，让他又变出两匹神马，送给了努鲁勒·胡达和佘娃西。

大家由此分手，离别而去。回去的路上，哈桑带着妻儿，答谢了曾经给过他们帮助的人。

路过云山宫时，夫妇受到七位公主的热情接待。住了十多天后，一家人踏上回家的路。几经周转，他们终于回到了家。

终日哭泣的老母亲见到儿子一家回来了，惊喜万分。从此，一家人过上了幸福美满的生活。

看火鸡的姑娘

很久很久以前，有一位爱好非常特别的国王，竟然莫名其妙地喜欢盐。

他的妻子很早就去世了，留下三个女儿。如今，女儿们都到了谈婚论嫁的年龄。

国王有一位非常聪明的仆人，无论遇到什么事情，总是找这位仆人商量。

这回，他又有一件事，一时半晌拿不准主意，就去面包房里找正在和面的仆人。

"我得力的仆人，在我心目中你一直都是头脑充满智慧的人，现在我有一件极为秘密的事情，想和你商量一下。"国王说。

没想到，仆人却拒绝了他。

"敬爱的陛下，您是知道的，我对任何秘密都不感兴趣。您也知道，我这个人嘴巴不太严实。您最好还是找别人来分享这个秘密吧，千万不要跟我透露一星半点。我怕一不小心，就把您的秘密泄露出去，到时您要是把我赶走，我可就不划算了。"仆人继续搅拌面粉。

"可是我只信任你啊！我的仆人，这个秘密我只想和你一个人说。"国王没有放弃。

"好吧，陛下，那您说说是什么事情吧。"仆人没有办法推托了，只好同意。

"我最信任的仆人，我有三个女儿。现在我的年纪一天比一天大了，实在不愿意再坐在国王的宝座上，我想退位。"国王说。

"什么，您说的是真的吗，陛下？"聪明而忠实的仆人吓了一跳。

"当然是真的，这样吧，你和完面就去找个公证人，我要把我的财产分给三个我最疼爱、最美丽的女儿。"国王态度很坚决。

"陛下，这件事如果换了我，我绝对不做这样的决定。"仆人说。

"这是为什么呢?"国王有些不理解。

"您想啊，陛下。如果一个原本很富有的人，突然之间什么都没有了，就不会像原来一样受到人们的尊重。所以呢，我绝对不会像您那样把财产都分出去，而是要把它们牢牢握在自己的手里。等女儿们出嫁的时候，公平合理地给她们一些嫁妆就行了，而没有必要把财产全都分给她们啊。"仆人不慌不忙地掰着手指头，说出了自己的理由。

"我聪明而忠实的仆人啊，你这纯属是杞人忧天，我的每个女儿都非常爱我，我真的没什么好担忧的。"国王依然固执己见。

"虽然您非常相信自己的女儿，但为了保险起见，我建议您在做出最终决定之前，还是要对她们进行一下考验。"仆人没有办法了。

"考验？考验什么啊？"国王一头雾水。

"当然是考验您的女儿们是否真心爱您啊。"仆人回答。

"有这个必要吗？我对她们视若掌上明珠，她们怎么会不是真心爱我呢，你这不是多此一举吗？"国王觉得仆人想

得太多了。

"您最好做一下考验，免得以后后悔。"仆人坚持自己的观点。

"那好吧。"国王勉强同意了。

于是，国王按照仆人的建议，派人去把三个女儿请来。

"你爱爸爸吗？"首先，他问大女儿。

"爸爸，我怎么可能不爱您呢？我比任何人都更爱您啊！"大女儿边说边撒娇。

"那么，二女儿，你呢，爱我吗？"国王又问自己的二女儿。

"我比任何人都要爱您。"二女儿的回答和大女儿的一模一样。

"哦，我最小的女儿，你呢，爱我吗？"国王继续问自己的小女儿。

"当然了，爸爸！我对您的爱，就像您对盐的爱一样！"小女儿非常认真地回答。

"什么？你这个臭丫头，竟然敢拿我的特殊爱好取笑和侮辱我，快滚回你自己的房间去！你等着吧，我一定会严厉处罚你的。"国王听到小女儿的回答，马上火冒三丈。

国王的小女儿转身回自己的房间了。

看着小妹妹的身影越走越远，她的两个姐姐眼珠一转，互相对视一下，起了坏心眼。

"爸爸，这个小丫头真是太过分了，怎么能这样侮辱尊贵无比的您呢！"大女儿说。

"是啊，您说如果别人都像她那样不尊重您，这可怎么得了啊，您真应该把她处死！"二女儿更加狠心。

"是的，她的确该死，可是你们就和她完全不一样了。你们姐俩多好多乖啊，还那么爱我。亲爱的宝贝女儿们，我一定会重重地奖赏你们。"国王很开心。

"谢谢，我们最英明、最慈祥的爸爸！"姐俩异口同声。

"我忠实的仆人，我进行了考验，心里已经十分清楚了。"国王又来到面包房，找到那个总是在不停和面的仆人。

"您清楚了什么？"仆人问。

"我清楚了三个女儿哪个是真心爱我，哪个是不值得我用心疼爱的。"国王回答。

"真的吗？"仆人将信将疑。

"真的，我从她们三个人的言谈中得到了我想知道的答案。"接着，国王向仆人讲述了刚才和三个女儿对话的情景。

"我忠实的仆人，你现在就去找一位公证人，让他来为我的大女儿和二女儿分一下财产和土地。至于我那不孝顺的小女儿，你顺便再去找个刽子手来，把她处死算啦！"他很坚定地表态。

"英明的陛下，您的这个决定有些太草率了。我一直认为只凭语言上的说辞是不够的，关键还是要看实际行动。我总是觉得您的考验结果不是特别可靠。"聪明的仆人苦口婆心地劝说。

"什么，我的考验不可靠？"国王把眉毛挑了起来。

"是啊，我的国王陛下，这事如果让我来决定，我肯定不能只听她们的话语，主要还是要看具体行动。"仆人义正词严。

"闭嘴，你知不知道你在说些什么，我真的生气了，必须打你几十棍了！"国王更气恼了。

"好，陛下，是我错了！您是金口玉牙，您的话比书本上的话还要正确，就按照您的意见办吧！"看到国王真把棍子举起来了，聪明的仆人马上装出一副特别害怕的样子。

"这还差不多，你赶快去落实吧。"国王心满意足。

"我马上就去找公证人来。至于刽子手，由我亲自担任吧。"仆人请求国王。

"什么，刽子手由你担任，你能行吗？"国王有点儿怀疑。

"您就放心吧，我能处理好一切事情。到时候，我会把小女儿带到森林里处死，割下她的舌头带回来作为证明。

您看这样可以吗?"仆人再三请求。

"行,就这么办吧。现在,当务之急是你快去找公证人。"国王又开始催促。

"好的,陛下。"说完,仆人就退下了。

于是,仆人找来公证人。

"我决定马上把大女儿和二女儿嫁出去,并且把土地平均分成两份,两个女儿每人一份。"国王对公证人说。

"陛下，我马上就办。"公证人点头哈腰。

"对了，除了这些，千万别忘记在公证书里写上这样一条：我的后半生，要在两个女儿家里生活，上半年住大女儿家，下半年住二女儿家。"国王说。

"好，您放心，我一定会写上的。"公证人还是那副毕恭毕敬的样子。

"这回可以悠闲地度过自己的晚年了。"国王满意地笑了。

然而，国王万万没有想到，在毕恭毕敬的外表之下，这个公证人是一个十足的大流氓，并且还曾经因为犯错误被自己严厉处罚过。

那时候，这个人表面上痛改前非，其实内心对国王充满了怨恨。这回他当上了公证人，心中就一直想报复国王。

巧的是，在他来王宫进行公证之前，国王的大女儿和二女儿就找到了他，给了他非常丰厚的财物，让他在公证条款上做点儿手脚。

接受了她们的贿赂，这个本性难改的公证人自然一切都按照她们的想法做事了。

因此，在国王叮嘱他要写上额外条款时，他表面上答应，可是在真正起草和签订公证书时，并没有把条款写上。

"陛下，现在我就要把您的小女儿带到森林里去了，让她再也闻不到面包的香味。我会把她的舌头割下，带回来给您。"看到公证手续都办完了，仆人对国王说。

"你去吧，等你回来，我一定重重地赏你。"国王有些不耐烦了。

仆人拿来一条锁链，套在小女儿的脖子上。随后，他拿起刀，还把一条母狗也带上了。

"走吧，你这个故作高傲的女人；走吧，你这个真正可怜的女人，你活不了多长时间了；走吧，你准备去迎接死神的到来吧！"仆人故意这样大声呵斥着国王的小女儿，目的就是要让国王听到。

让人没有想到的是，仆人带着国王的小女儿来到森林之后，事情就朝着另一个方向发展了。

"你别害怕，可怜的姑娘，我是想把你从刽子手的刀下救出来才这样做的。我的背包里是你的漂亮衣服，这些你都带着。另外，我还带了一些乡下女人穿的衣服，你赶快穿上吧。你可能不知道，我曾经在另外一位国王那里做过仆人，当然了，那是在到你父亲身边做仆人之前的事了。那里的王后肯定会看在我的情面上收留你，让你做一个看火鸡的姑娘，你就可以一直躲藏在那里。"他和颜悦色地对国王的小女儿说。

于是，聪明而善良的仆人带着她走了很多路，急匆匆地赶往另外一个国王的宫里。

在仆人真诚地恳求下，王后把小女儿留下来了。王后以为她真是一个乡下姑娘，就让她看火鸡，还在楼梯下的小房间给她安排了住处。

就这样，曾经高贵无比的小女儿一下子就成了别人王宫里看火鸡的姑娘。

仆人把小女儿的事情安排好后，就往回赶。他在穿过森林时，用随身携带的刀，杀死了带来的那条母狗，并用刀割下它的舌头，继续上路了。仆人知道，国王正在等着自己回去交差。

又是几天的路程，仆人回到了国王面前。

"陛下，我杀死了您的小女儿，把她的舌头带回来了。"他说。

"这事办得不错，我非常满意，赏你一百个金币吧。"国王十分开心。

"尊敬的陛下，我完成了这么一件重要的事情，您才赏给我一百个，有点儿太少了吧。"仆人假装委屈地说。

"那就再加一百个。"国王挥挥手。

"两位美丽的公主，你们呢？我这件事做完了，你们是不是也应该给我一点儿赏赐呢？"仆人冲着前来打探消息的大女儿和二女儿说。

"我们当然要赏赐你了，至于数目嘛，和我们的父亲一样。"姐妹俩非常开心。

"谢谢您，尊敬的陛下！谢谢你们，美丽的公主。"说完，仆人就走了。

国王的两个女儿都先后成亲了。

"父亲，您应该离开这里了。"两个女儿和两个女婿，一起来到国王面前。

"为什么啊？"国王非常吃惊。

"您看，王宫右面的一半，现在属于您的大女儿；左面一半，属于您的二女儿，所以您必须马上离开这里。至于去哪里，那就随您的便了，反正这里是不能再住了。"两位女婿不留一点儿情面。

"你们怎么这样狠心，我这么爱你们，却得到这样的恶报。但是我不能走，公证书上已经明确写着：在我有生之年，我有权利在两个女儿家里生活，上半年住大女儿家，下半年住二女儿家。"国王抱有一线希望。

"您闭嘴吧，睁大眼睛看看，公证书上可没写这一条啊！"女婿们十分得意。

"什么，公证书上怎么会没写呢？"国王一看公证书，气得差点儿昏过去。

"因为您当时就没有说啊。"两个女儿颠倒黑白。

"这怎么可能，公证人呢，他可以作证！"国王大喊着。

"陛下，您当时确实没有说过这些啊。"公证人当然是站在两个女儿的一边了。

"公证人，你这个无赖，原来你们是一丘之貉。当时我怎么那么糊涂，没仔细看看公证书呢，真是太相信你们了。"国王心里非常后悔。

两个黑了心的女儿可不管国王后不后悔。

"滚吧，老东西，否则，我们就要放狗咬你了。"她们的表情一个比一个狰狞。

国王只好灰溜溜地离开了王宫，在王宫门口，遇到了他聪明的仆人。

"陛下，您准备到哪里去啊?"仆人十分关心他。

"唉，我也不知道，只能听天由命了，这个王宫不再属于我了，我被我的女儿和女婿赶了出来。当时我要把财产都分给两个女儿，你怎么就没提醒我呢?"国王悔不当初。

"陛下，我一直都在提醒您好好考验一下她们，可您被甜言蜜语所蒙蔽，坚持自己的意见。陛下，过去的事情就别提了，您在这儿稍微等我一会儿，我仍然愿意做您忠实的仆人。"仆人十分善良。

"算了，你还是别放弃这里的大好前途了。跟着我，别说没有工钱，恐怕连吃饭都会成问题。"国王叹了口气。

"您千万别这么说，我愿意一直跟随您。我手里还有一些钱，维持咱俩的生活应该没有问题。"好心的仆人一心想要跟随主人。

"那现在只能听你的了。"走投无路的国王很感动。

说完，仆人就进宫了。

"走吧。"不大一会儿，他背着一个装得满满的包裹出来了。

七天后，主仆二人来到一个地方，正好有人出售一小块土地和一座旧房子。

仆人就用国王和两个女儿赏赐给他的那些钱，把土地和房子都买了下来，作为两个人的栖身之所。

"陛下，这块地虽然不大，但现在属于您了。我去田里和葡萄园劳作的时候，没人陪您聊天，您可以随便走走看看。"他特别贴心。

"谢谢你，我忠实的仆人，你比那些有钱人强多了。"国王很欣慰。

"只要您生活得舒心，就是我的幸福。"仆人笑着。

被赶出来的国王和他忠实的仆人，就在这片小块地上开始了新生活。

在这段时间里，国王的小女儿一直在另一个国王的宫里，做着看火鸡的工作。

日子虽然没有原来那样舒适，但还是有些快乐的事情。

因为这个国王有一个强壮、勇敢而英俊的儿子，每一个见到他的姑娘都会情不自禁地爱上他。

看火鸡的姑娘也不例外，被他深深地吸引了，每次见到王子，都会暗自高兴半天。但是，她没有引起王子的注意。

"你怎么这么粗心呢，我一定要引起你的注意。"看火鸡的姑娘心里常常这样想。

可是怎样才能引起王子的注意呢？她一直在苦苦等待着机会。

每天吃过晚饭后，王子都会换上新衣服，骑马赶往附近的宫里跳舞，一跳就是一个通宵。看火鸡的姑娘意识到机会来了。她和别人说身体不舒服，假装在自己的住处睡觉。

其实，她并没有睡觉，而是悄悄地来到马厩，给一匹马喂了双份的荞麦，然后铺好马鞍。

随后，看火鸡的姑娘回到自己的住处，用一把金木梳梳头，打开自己装有美丽衣服的背包，穿上白色的袜子和一双羊皮做的小红鞋，把一件天蓝色的长袍披在身上。做完这一切，她又悄悄地回到马厩，骑上早就准备好的那匹马，朝着王子跳舞的宫殿飞驰而去。

当看火鸡的姑娘走进舞厅时，全场的人们都把目光投向了她，看着这个仿佛从天而降的美丽姑娘。

就连那些大小提琴的演奏者也都因为这个小姑娘的出现

而停了下来。

"这位突然出现的小姐，到底从哪里来，她又是谁呢?"全场人都在问着同一个问题。

在人们的猜测和赞美声中，音乐又重新响起。在人们羡慕的目光中，王子上前挽起她的手，进入舞池跳舞。两个人舞跳得非常默契，如痴如醉。不过，让王子略微遗憾的是，到了半夜时分，钟敲响第一下时，姑娘就抛下自己，跳上马，飞快地离去了。

第二天，姑娘又和往常一样去看火鸡。王子在去打猎的时候，忽然遇到了她。

"这个乡下打扮的小姑娘，怎么好像是昨晚遇到的那位美丽小姐呢?"他心里非常奇怪。

"怎么会呢? 应该是两人长得很像而已吧。"王子摇摇头就离开了。

又到了晚上，用完晚饭后，他再次穿上新衣服，骑上马去舞厅跳舞。

看火鸡的姑娘还是和第一天一样，穿上华丽的衣服去跳舞。

当看火鸡的姑娘走进舞厅时，和第一天一样，人们的目光又都投向她。

在人们的猜测和赞美声中，音乐又重新响起。这时，王子上前挽起她的手，进入舞池跳舞。不过，让他略微遗憾的是，到了半夜时分，钟敲响第一下时，姑娘又抛下自己，跳上马，飞快地离去了。

不过这一次，姑娘在逃走的时候，把右脚上穿的那只小红鞋落在了舞厅里。

自从看火鸡的姑娘第一天出现在舞厅后，王子就喜欢上了她，茶不思饭不想。

姑娘遗落的这只小红鞋，给了王子很大的希望：也许通过这只小红鞋，就能找到那位神秘而美丽的姑娘。

他拿着那只小红鞋，让所有去过舞厅的姑娘们挨个来试穿。可是没有一个姑娘能穿进去，她们的脚都太大了。

没有办法，王子只好把这只小红鞋揣在口袋里，到王宫去见他的父亲，试图借助国王的力量找到那个姑娘。

"父亲，我爱上了一位姑娘，这只小红鞋就是她匆忙中掉落的。如果我和她结婚的事遭到您的反对，我就要去很远的地方，永远不回王宫，让您遗憾终身。"王子威胁道。

"我的孩子，这个姑娘住在哪里啊？你告诉我，我们一起骑马到她父亲那里求婚。"国王十分心疼王子。

"可是，爸爸，她的地址我真的不知道啊！"王子很沮丧。

"是这样啊，那也没关系，你去把敲鼓人找来。"国王有了主意。

王子马上出去找来一位敲鼓人。

"我给你一百个金币，你的任务就是到各处一边敲鼓一边叫喊：穿得上这只小红鞋的姑娘，将会做王子的妻子。"国王对敲鼓人说。

领了国王的任务，敲鼓人就出去到处叫喊。整整三天，

王宫里挤满了前来试穿小红鞋的姑娘，可是谁也穿不进去。

看火鸡的姑娘看着争穿小红鞋的热闹场面，在一边偷偷地笑了起来。

"你也来试试！"王子看着看火鸡的姑娘。

"王子，您还是打消这个念头吧，我不过是一个乡下穷苦人家的姑娘。这些美貌小姐都做不到的事情，您认为我能做到吗？"看火鸡的姑娘不愿意试。

"你能不能做到，得试试看啊。"王子一直坚持着。

"把这个骄傲的小姑娘叫过来，我们倒是要看看，她是怎样穿进去的。如果她穿不进去，就应该受到惩罚！"小姐们大声叫嚷起来。

在大家的嘲笑声中，看火鸡的姑娘大大方方地走上前，装出一副害怕得快哭了的样子，拿起那只本来就属于自己的小红鞋，非常轻松地穿在了自己的脚上。

"她真的穿上了，还正合适呢！"大家纷纷议论起来。

而看火鸡的姑娘并没有理会这些。

"好了，你们现在稍等我一下，我去去就来。"她稳稳当当地对大家说。

说完，她回到了自己的住处，在那里稍微停留了一会儿，然后又重新出现在大家面前。

这时，姑娘的打扮让在场的所有人，包括王子，都大吃一惊。只见她两只脚都穿上了红艳艳的鞋子，身上披着往常去跳舞时穿的那件天蓝色长袍。

王子惊喜万分。

114

"姑娘，我们终于找到你了，你应该和我的儿子成亲。"国王慈祥地看着姑娘。

"我当然愿意嫁给王子，但我有一个条件。"看火鸡的姑娘说。

"什么条件?"王子和国王都很纳闷，一个看火鸡的乡下姑娘，竟然还有条件。

"必须在征得我父亲的同意后，我才能嫁给王子。而在我的父亲同意这门亲事之前，我还想一直在这里看火鸡。"看火鸡的姑娘回答。

王子和国王都皱起了眉头，感觉这件事情好像不是那么容易做。

被女儿驱逐出王宫的国王，在离开王宫后就一直和那个聪明而忠心耿耿的仆人在一起，住在买来的小块土地上生活。

"我怎么生了这么两个卑鄙无耻的女儿呢，当然了，还有那两个女婿更是混蛋。唉，如果当初我不把小女儿处死

就好了，也许就没有这么痛苦了。小女儿可以一边陪着我，一边替我缝补衣服，或者帮我穿衣服。仆人，聪明而忠实的仆人，你当初为什么要杀死我的小女儿呢，还残忍地将她的舌头割下来。"想起难堪的往事，他总是喃喃自语。

"陛下，那可是您命令我的啊。"仆人说。

"现在看来，我当初的命令是多么的错误啊，你也接受了错误的命令，执行了错误的任务。"国王无时无刻不在后悔。

"陛下，错的是您的命令，我没有错。"听到国王后悔万分的话，仆人心中暗笑。

"你还说没有错，我的小女儿都被你杀死了!"国王懊悔又气恼。

"我真的没有错，因为我根本就没有执行您的命令。您的小女儿并没有死，她还活着。"仆人说出了真相。

"什么，我的小女儿还活着? 天啊，我小女儿还活着，太好了，那她现在在哪里呢?"国王激动地语无伦次。

"我把她安顿在另外一个国王的宫里，在那里做看火鸡的姑娘。至于我拿给您的舌头，是我那条母狗的舌头。"仆人笑了起来。

"什么? 我忠实的仆人，你太棒了! 幸亏你没有执行我的命令，我的小女儿才得以存活下来。现在我们就去把我的小女儿找回来吧!"国王抚了抚自己的胸脯，长舒一口气。

"好的，陛下。"仆人恭敬地弯下腰。

于是，国王和他的仆人出发了。

"您好，国王。"他们整整走了七天，才来到那个国王的宫里。

"您好，朋友，请问你们有什么事情需要我帮忙吗?"国王问。

"国王，事情是这样的。我自己曾经也是个国王，拥有过漂亮的宫殿。可是，由于我自己的错误，被大女儿和二女儿赶出来了。而我的小女儿，现在在您这里做看火鸡的姑娘。恳求您把我的小女儿还给我吧。"小女儿的父亲泪眼婆娑。

"原来那个看火鸡的姑娘就是您的小女儿！我真的想把您的小女儿还给您，可是……"国王欲言又止。

"可是什么？"小女儿的父亲很着急。

"您别着急，我慢慢告诉你。"国王安慰道。

"我很想把您的女儿还给您，可是我做不到。"国王说。

"为什么？"小女儿的父亲越来越着急。

"因为我的儿子爱上了您的小女儿，所以，我替他向您求婚。"国王请求道。

"国王陛下，请您把我的小女儿叫来，这要看我小女儿自己的想法。我这个做父亲的，必须尊重她的意见，让她自己做选择。现在我虽然不是国王了，但也不想强迫自己的女儿。"小女儿父亲的话语里充满了疼爱之情。

"那是当然了，我们会尊重她的意见，您放心。来人，去把看火鸡的姑娘请到这里来。"国王吩咐手下。

不一会儿，看火鸡的姑娘来了，看到父亲来找自己，顿时变得很激动。

"爸爸，能见到您真是太好了！"她上前抱住了自己的父亲。

"我的好女儿，让你受委屈了，对不起。我的财产和土地全被你的两个姐姐骗走了。"父亲流下了悔恨的泪水。

"没事的，爸爸，我们永远都是一家人。"看火鸡的姑娘边流泪边说。

"你们父女现在表个态吧。"国王说。

"是啊，女儿，你就大胆地说出自己的想法吧，愿不愿意嫁给少年王子呢？"父亲问。

在一旁等待答案的少年，可怜巴巴地看着姑娘，紧张得脸色都变白了，身子也不由自主地哆嗦起来，眼里满是期待的神情。

"爸爸，我非常愿意嫁给这位少年。不过要想娶我，必须再答应我一个条件。"看火鸡的姑娘又一次提出条件。

"你快说，是什么条件？"王子的脸色更加苍白了。

"对啊，女儿，你说是什么条件？"小女儿的父亲也很好奇。

"其实条件很简单，我想请国王和王子，帮助我们从我的两个姐姐手里，把被夺去的财产、土地都拿回来。"看火鸡的姑娘大声说。

"好的，没问题的！"国王和王子同意了。

国王和王子立刻召集了全国的军队，并配备了最精良的武器。全部人马集结完毕后，当晚就浩浩荡荡地出发了。

战斗打响了，那两个没有人性的姐姐一点儿准备都没有，被打得落花流水。

她们和同样没有人性的丈夫都被俘了，最终被一起绞死。他们的尸体也没有被安葬在枫木里，而是抛尸荒野，任由那些野狗、乌鸦尽情撕扯，直到剩下一堆白骨。

"您还是回到自己的王国，重新做您的国王吧。现在最重要的事情就是让我的儿子和您的小女儿结婚。"国王对小女儿的父亲说。

"这件事可是大事，我们一定要大办一场。"小女儿的父亲同意了。

王子和看火鸡的姑娘举办了一场甜蜜盛大的婚礼。百姓都说，这是有史以来最浪漫的婚礼。从此，王子和看火鸡的姑娘过上了幸福的日子。